LA MODE QVICOVRT AV TEMPS PRESENT

Auec le supplément

PARIS,

De l'Imprimerie de P. Menier.

1613.

AVX DAMES

DAMES si par des nouueaux tiltres
LA MODE venoit qu'aux chaques
Aux conciles aux Parlemens
Aux arrests & aux iugemens
Vous eussiez voix place & seance
Vostre principalle ordonnance
Seroit (on n'en ignore point)
A chaque mary un adioint
O le grand droit & equitable,
La belle MODE & profitable
Le monde s'en augmenteroit,
Le cocu s'en glorifieroit
Et vous DAMES les plus iolies
Pensez comme seriez fourbies
Tout est en ce monde au hazard
Tout peut arriuer tost ou tard
On ne vous en asseure mye
Mais en attendant on vous prie
De (danser vous le pouuez prou)
Le branle a la MODE du Lou.

LA MODE QVI COVRT AV TEMPS PRESENT.

AVEC LE SVPPLEMENT.

LA Mode en sa parfaite essence
Est des filles de l'inconstance
Sœur germaine du temps qui
  court
Et grande dame de la court,
Brusque, bigearre, & vagabonde
En France plus qu'en lieu du monde
Toussiours grosse d'inuentions
Qui n'ont qu'vn temps & puis s'en vont
Selon que leur mere volage
Reigle & gouuerne leur vsage
    Av poil des hommes seulement
Sont cent sortes de changement
Chacun auiourd'huy s'éuertue
De faire sa barbe pointue
Et ny a point plus de six mois
Qu'on la portoit de quatre doigts
Grande, large, & ronde a merueille
Iusques au desso us l'oreille
Les chappeaux ronds de mil six cens
Ne regnent plus, mais maintenant

On court de boutique, en boutique
Pour en choisir a la Ronisque,
Cinq & six ans expirez sont
Qu'on ne voyoit rien que boutons
Milliers d'escailles & coquilles
A la façon des Cocodrilles
Les calobres des laboureurs
Ont couru entre les veneurs
Et desia ces pauures casaques
Ne seruent plus que pour les masques
La beste fauue a eu son cours
Plus que ny damas ny velours,
De present on tient quelques MODES
Du temps de Thibere & D'herodes,
Car manteaux doubles & Cabans,
Estoient fort communs aux Tyrans
Et aux archers de Palestine,
Les robbes de la Medecine,
Entre la gent des Philistins
Seruoient aux sorciers & Deuins;
Et mesmes estoient fort en vogue
Au milieu de la Synagogue
Pilate en portoit par honneur
Ainsi comme vn certain Docteur
De qui la MODE est tres vtille
D'hydropoter en ceste ville

    Tant y a pour le faire court
Qu'il n'est que la MODE, qui court

Au siecle paisible ou nous sommes
A la Mode oucognoiſtles hommes
Qui à la Mode n'eſt veſtu
On dittout haut c'eſt vn Iean cu,
Qui n'a la grande Pecadille
N'eſt point desMignons de la ville
Qui va ſans la ſainte au collet
Et force glands n'eſt point bien fait
Vn gentil homme en plaine Nopce
Feuſt il de Houſſe ou de Galoche
S'il n'a les chauſſes a gros Plys
xt le ſoulier a pont leuiz
Ou ſur le dos grandes Dentelles
N'oſeroit paroiſtré aux chandelles
Ny Quand il ſeroit des plus fins
porter la main dans les Baſſins
Non plus qu'auec vn bas de layne
Entrer aux branles de la Reine
L'Air d'Auignon n'eſt plus nouueau
La gillotte court le bordeau
Apres auoir toute ſa vie
Sué en bonne compaguie
La bourree eſt en venaiſon
Qui ne la ſçait eſt vn oiſon
Qui ne fait bien la reuerence
Branlant la teſte a lacadence
Et ne ditc Moyſe a tous les coups
N'eſt pas homme de grand diſcours

A iij

Qui ne sçait dessous la moustache
Casser l'Anix & la pistache
Ronger aussi le curedent
Perd contenauce bien souuent
P o v r les Dames & Damoiselles
Sont cent mille M o d e s nouuelles
Pignouers, Tabliers, Caslessons
Coiffeures de cinq cens façons
Quand on les veut voir en Brassiere
En Nymphe & à la caualiere
Pommades, vermillons & fards
Pour les teints ridez & blafards
Prouisions d'esponges fines
Pour les retentions d'vrines
Poinssons, brillants, bouquets de bal
Chaines d'or, de muscq, & Cristal
Grandes pyramides de Gaze,
Pour celles qui ont teste raze
Et perruques sous qui le front
De pres ne paroist que trop rond
Moulles auant, moulles arriere
Hausse couls en arc & bastiere
Tresses, nœuds, cordons & fizets
Assez pour charger dix Mullets
Manches en bouillons, en arcades
Roquets, Antraquettes, Guysardes
Layzes dessous, Layzes dessus
Cinq, six, sept estages & plus

Ceſte façon eſt fort accorte,
C'EST LA MODE auiour d'huy qui trote,
Auec le grand vertugadin
Comme la meulle d'vn moulin
Et la coiffe a la iacobine
Qui donne encor tres bonne myne
Principallement ce dit on
Dans le P alais, & au ſermon
Auſſi bien que le nom de Dame
Qui tranche net comme vne lame.
LA MODE réquiert en ce point
Vn demy page pour le moins,
Auec quelque triſte D'onzelle
Aux ſouliers a ſimple ſemelle,
Qui n'ait ny grace ny maintien
Mais auſſi qu'on choiſiſſe bien
Les yeux obſcurs, le tainct d'eſcouffle,
Quelque paſſure & chetiue rouffle
Les cheueux noirs, gluants, & gras
Deux doigts, de mouſſe encores pas,
L'eſchine longue & courte feſſe
Pour donner luſtre a la maiſtreſſe
Du reſte il ſuffit vn valet
Qui ſoit ſtilé, apris, & fait
A la chambre, aux cheuaux, aux broches
Qui va encor dans les vieux coches
Dans les valizes autrement
Eſt vne Nobleſſe de vent

Caroſſe & coche ſe raportent
n'en deſplaiſe a celle qu'ils portent
Et a ceux qui cecy liront
Comme pains de ſuccre aux eſtronts,
Comme les flambeaux aux lanternes
Et les luths aux triſtes quiternes
    Toutes choſes donc ont leur temps
Il n'eſt que la M O D E en tout ſens
Qui ne la ſuit & ne l'imite
N'eſt pas homme de grand merite
Qui ne l'imite & ne la ſuit
N'eſt pas femme de grand credit

LE SVPPLEMENT DE LA MODE.

Auec les denicheux de Gays.

Imanche on veit la damoi-
ſelle
Qui s'apelloit mode nou-
uelle
Et moy ie ſuis ſon ſupple-
ment:
fort recogneu du temps preſent
Ie ſuis fondé ſur meſme tiltre
Tout homme ſoit riche ou Beliſtre
Gentil-homme, où vilain parfaict
Me doit vn hommage en effect
Il n'y a Dame ou Damoiſelle
Bourgeoiſe, payſante, belle
Laide, vieille ou ieune qui ſoit
Exempte de ſubir mon droit
Ie fay mon pouuoir recognoiſtre
Quand vn marraut ſe fait paoriſtre,
Pour homme de grand qualité
N'eſtant de debtes acqñté,

B

Atelles gens vn mariage
Par mon moyen donne auantage
Car ie ne veux & n'enten point
Que mes vaſſaux ayent le ſoing
De ſi curieuſement s'enquerré
D'ou vient le bien ſoit paix ou guerre,
Le principal eſt d'en auoir
Tel homme ſe dit de ſçauoir
Qui n'eſt en effet qu'vne Beſte
Et qui n'a du ſens en la teſte
Non plus qu'vn veau ou vn Oiſon
Celuy qui promet guariſon
Quand à la mort on s'achemine
Eſt vn vray Medecin de mine
Chez moy toutes longues amours
Ne pourront iamais auoir cours
Et toute fille qui eſt d'aage
pour paruenir a mariage
Ne s'en doit ſeruir nullement
Souuent trop tard on s'en repent
perte de temps eſt d'importance
Et qui veut viure en aſſeurance
Face bonne mine a chacun
Mais c'eſt vn mal bien importun
Quand pour ſeruir de couuerture
On fait l'amour à l'aduanture
Qui veut paroiſtre bien diſcret
Ne par le haut ny en ſecret

Quand on se trouue en compagnie
Il faut mécognoistre sa mie
Et parlant a l'autre a l'écart
L'honorer tousiours d'vn regard
Et le l'endemain d'vn message
Fait par laquais ou par vn Page
Car sans mentir Page & laquais
Ont entr'eux vn fort libre accez
Et personne ne s'en peut plaindre
Quand on est vieil on a beau geindre
Sil' on n'est plus tant recherché
Sur tout plaist vn nouueau marché
Et pour vn grand bien ie conseille
A celle là qui deuient vieille
Se ressouuenant de son temps
De n'enuier les ieunes gens
Tout homme qui est sans office
Et tout Prestre sans benefice
Est reputé comme au Saffran
On luy diroit volontiers bran
Quand quelque part il se rencontre
Ne vous fiez tant à la monstre,
Car tel paroist vn Caualier
Qui est bien couart au mestier
Et bien qu'il porte vn grand panache
En la bouche il n'a que bauache
Si tout botté il passe l'eau
Et que dans l'Isle sans manteau

Il attende la Damoiselle /
Vrayement sa recompense est belle
Quand pour auoir fretillé bis
Il a la Roze de Rubis
Par moy on void aux monasteres
L'amour traitter de ses affaires,
Et nonobstant le reiglement
Chacun y entre librement
Quand dans le Conuent on s'ennuye
On sort par bouë & par la pluye
Par la Gelée & par Beau temps
Pour rechercher son passe temps
A Dieu Messieurs le temps qui court
Me contraint de le faire court
Car il vaut beaucoup mieux se taire
Que de parler de mainte affaire
Qui pourroit engendrer procez
A Dieu Messieurs c'est bien assez.

AVX DAMES

Qvand en amour on s'accommode
Tout est appreuué par la Mode,
Car qui en parle qui voudra
Tousiours la Mode regnera.
Si vous auez payé finance:
Et que d'Amour ayez quittance,
Prenez engré l'esbatement
En receuant le Supplémens.

A iij

Et queux eux point naigrit le vin dans tes
    gallons
    Cesbraues desnicheux se couchent sans
    candelle
De crainte de bouter le feux queux les
    vessins
Ils n'ont besoin dauef coutel ny alu-
    melle
Car dun poy de poumon ils remplent
    leu boudins
    Les desnicheux de gays ne veulent point
    de beurre
Amanger dessus leur pain y sot assez mor
    ueux
Ils couchent tous fins seuls sans plume sur
    du feurre
Pour ce qun lit mollet les tendret gra-
    ueleux
    Mais ces biaux desnicheux possedent la
    miniere
De doublos bicornus & descus a lessay
Y n'ont laquet, braquet vallet, ne cham-
    briere,
Et si n'osent pisser decrainte da versay.

LES DENICHEVX
DE GAYS.

Our dénicher les gays iouon la mine faicte
Non point tant seullemét la mine mais les mains!
Cótemplez nos habits, cauches, parpoint Iaquette,
En est-il de mieux faits entre tous les humains?
    Par feys faute de Gays ie desnichó des pies,
Par feys dans lé poullier iallon conster les œufs
May quay nos pauures nez ne sont point sans roupies
Cest pour quay ie velon porter de gráds moucheux
    Les desnicheux de gays son gens bien honorables
Tousiours longlee a deys les mulle a tallons
Ynont ne quiens, ne catz, cheuaux a leurs estables,

Dames, vous errez de nos gays
Ce l'en prenon a la pipée
Mais il fodret que de nos deys
Vous otissiez vn poy l'onglee
Iauons tous la barbe gelée
Et la roupie o bout du nez
Et la myne ossi basanée
Que ramonn... cheminez